사슴

이음문고

목차

———————— 노루 ————————

──────── 국수당 넘어 ────────

얼럭소 새끼의 영각

가즈랑집

승냥이가 새끼를 치는 전에는 쇠메 든 도적이 났다는
가즈랑고개

가즈랑집은 고개 밑의
산 넘어 마을서 도야지를 잃는 밤 즘생을 쫓는 깽제
미 소리가 무서웁게 들려오는 집
닭 개 즘생을 못 놓는
멧도야지와 이웃사춘을 지나는[1] 집

예순이 넘은 아들 없는 가즈랑집 할머니는 중같이 정
해서[2] 할머니가 마을을 가면 긴 담뱃대에 독하다는
막써레기를 몇 대라도 붗이라고 하며

1. 지내다.
2. 바르다. 맑고 깨끗하다.

간밤엔 섬돌 아래 승냥이가 왔었다는 이야기

어느메 산곬에선간 곰이 아이를 본다는 이야기

나는 돌나물김치에 백설기를 먹으며

녯말의 구신 집에 있는 듯이

가즈랑집 할머니

내가 날 때 죽은 누이도 날 때

무명필에 이름을 써서 백지 달어서 구신간시렁[3]의

당즈깨에 넣어 대감님께 수영[4]을 들였다는 가즈랑

집 할머니

언제나 병을 앓을 때면

신장님 달련이라고 하는 가즈랑집 할머니

구신의 딸이라고 생각하면 슬퍼졌다

3. 귀신을 모신 시렁.
4. 수양. 다른 사람의 자식을 맡아서 제 자식처럼 기름.

토끼도 살이 올은다는 때 아르대 즘퍼리에서 제비
꼬리 마타리 쇠조지 가지취 고비 고사리 두릅순 회
순 산나물을 하는 가즈랑집 할머니를 딸으며
나는 벌서 달디단 물구지우림 둥굴네우림을 생각
하고
아직 멀은 도토리묵 도토리범벅까지도 그리워한다

뒤울안 살구나무 아래서 광살구를 찾다가
살구 벼락을 맞고 울다가 웃는 나를 보고
밑구멍에 털이 멫 자나 났나 보자고 한 것은 가즈
랑집 할머니다
찰복숭아를 먹다가 씨를 삼키고는 죽는 것만 같어
하로 종일 놀지도 못하고 밥도 안 먹은 것도
가즈랑집에 마을을 가서

당세 먹은 강아지같이 좋아라고 집 오래[5]를 설레다
가였다

5. 거리에서 대문으로 통하는 좁은 길.

여우난곬족

명절날 나는 엄매 아배 따라 우리 집 개는 나를 따라
진할머니 진할아버지가 있는 큰집으로 가면

얼굴에 별 자국이 솜솜 난 말수와 같이 눈도 껌벅걸
이는 하로에 베 한 필을 짠다는 벌 하나 건너 집엔
복숭아나무가 많은 신리 고무[1] 고무의 딸 이녀 작은
이녀
열여섯에 사십이 넘은 홀아비의 후처가 된 포족족하
니 성이 잘 나는 살빛이 매감탕 같은 입술과 젓꼭지
는 더 깜안 예수쟁이 마을 가까이 사는 토산 고무 고
무의 딸 승녀 아들 승동이
육십 리라고 해서 파랗게 뵈이는 산을 넘어 있다는
해변에서 과부가 된 코끝이 빨안 언제나 흰옷이 정
하든 말끝에 설게 눈물을 짤 때가 많은 큰곬 고무 고

1. 고모.

무의 딸 홍녀 아들 홍동이 작은 홍동이
배나무접을 잘하는 주정을 하면 토방 돌을 뽑는 오
리치를 잘 놓는 먼 섬에 반디젓 담그려 가기를 좋아
하는 삼춘 삼춘 엄매 사춘 누이 사춘 동생들

이 그득히들 할머니 할아버지가 있는 안간에들 모여
서 방 안에서는 새 옷의 내음새가 나고
또 인절미 송구떡 콩가루차떡의 내음새도 나고 끼때[2]
의 두부와 콩나물과 뿜운 잔디와 고사리와 도야지 비
게는 모두 선득선득하니 찬 것들이다

저녁술을 놓은 아이들은 외양간 섶 밭마당에 달린
배나무 동산에서
쥐잡이를 하고 숨굴막질을 하고 꼬리잡이를 하고 가

2. 끼니때.

마 타고 시집가는 놀음 말 타고 장가가는 놀음을 하
고 이렇개 밤이 어둡도록 북적하니 논다
밤이 깊어가는 집 안엔 엄매는 엄매들끼리 아르간
에서들 웃고 이야기하고 아이들은 아이들끼리 웃간
한 방을 잡고 조아질 하고 쌈방이 굴리고 바리깨돌
림 하고 호박떼기 하고 제비손이구손이 하고 이렇게
화디의 사기방등에 심지를 멫 번이나 독구고 홍게닭
이 멫 번이나 울어서 졸음이 오면 아릇목 싸움 자리
싸움을 하며 히드득거리다 잠이 든다 그래서는 문창
에 텅납새의 그림자가 치는 아츰 시누이 동세들이
욱적하니 홍성거리는 부엌으론 샛문 틈으로 장지문
틈으로 무이징게국을 끄리는 맛있는 내음새가 올라
오도록 잔다

고방[1]

낡은 질동이에는 갈 줄 모르는 늙은 집난이[2]같이 송
구떡이 오래도록 남어있었다

오지항아리에는 삼춘이 밥보다 좋아하는 찹쌀 탁주
가 있어서
삼춘의 임내[3]를 내어가며 나와 사춘은 시큼털털한
술을 잘도 채어 먹었다

제삿날이면 귀먹어리 할아버지가 예서 왕밤을 밝고
싸리 꼬치에 두부 산적을 께었다

1. 광.
2. 시집간 딸.
3. 흉내.

손자 아이들이 파리 떼같이 모이면 곰의 발 같은 손
을 언제나 내어 둘렀다

구석의 나무 말쿠지에 할아버지가 삼는 소신[4] 같은
짚신이 둑둑이 걸리어도 있었다

넷말이 사는 컴컴한 고방의 쌀독 뒤에서 나는 저녁
끼때에 불으는 소리를 듣고도 못 들은 척하였다

4. 소에게 일을 시킬 때 신기는 짚신.

고야古夜

아배는 타관 가서 오지 않고 산비탈 외따른 집에 엄매
와 나와 단둘이서 누가 죽이는 듯이 무서운 밤 집 뒤
로는 어늬 산곬작이에서 소를 잡어먹는 노나리꾼들이
도적놈들같이 쿵쿵걸이며 다닌다

날기멍석을 쪄 간다는 닭 보는 할미를 차 굴린다는 땅
아래 고래 같은 기와집에는 언제나 니차떡에 청밀에
은금보화가 그득하다는 외발 가진 조마구 뒷산 어늬
메도 조마구네 나라가 있어서 오줌 누러 깨는 재밤 머
리맡의 문살에 대인 유리창으로 조마구 군병의 새깜
안 대가리 새깜안 눈알이 들여다보는 때 나는 이불 속
에 자즐어붙어 숨도 쉬지 못한다

또 이러한 밤 같은 때 시집갈 처녀 망내 고무가 고개

넘어 큰집으로 치장감을 가지고 와서 엄매와 둘이 소
기름에 쌍심지의 불을 밝히고 밤이 들도록 바느질을
하는 밤 같은 때 나는 아릇목의 삼귀를 들고 쇠든[1] 밤
을 내여 다람쥐처럼 밝어 먹고 은행 여름[2]을 인둣불
에 구어도 먹고 그러다는 이불 우에서 광대넘이를 뒤
이고 또 누워 굴면서 엄매에게 웃목에 둘은 평풍의
샛빩안 천두의 이야기를 듣기도 하고 고무더러는 밝
는 날 멀리는 못 난다는 뫼추라기를 잡어달라고 졸으
기도 하고

내일같이 명절날인 밤은 부엌에 쩨듯하니[3] 불이 밝고
솥뚜껑이 놀으며 구수한 내음새 곰국이 무르끓고 방

1. 시들어 힘이 없다.
2. 열매.
3. 빛이 선명하고 뚜렷하다.

안에서는 일갓집 할머니가 와서 마을의 소문을 펴며
조개송편에 달송편에 쮠두기송편에 떡을 빚는 곁에서
나는 밤소 팥소 설탕 든 콩가루소를 먹으며 설탕 든
콩가루소가 가장 맛있다고 생각한다
나는 얼마나 반죽을 주물으며 흰 가루 손이 되어 떡을
빚고 싶은지 모른다

섯달에 내빌 날⁴이 드러서 내빌 날 밤에 눈이 오면 이
밤엔 쌔하얀 할미 귀신의 눈 귀신도 내빌 눈을 받노라
못 난다는 말을 든든히 녁이며 엄매와 나는 앙궁 우에
떡돌 우에 곱새담 우에 함지에 버치며 대냥푼을 놓고
치성이나 들이듯이 정한 마음으로 내빌 눈 약눈을 받
는다
이 눈세기물⁵을 내빌 물이라고 제주병에 진상항아리

에 채워두고는 해를 묵여가며 고뿔이 와도 배앓이를
해도 갑피기를 앓어도 먹을 물이다

4. 민간이나 조정에서 조상이나 종묘 또는 사직에 제사 지내던 날.
5. 쌓인 눈이 속으로 녹아서 흐르는 물.

오리 망아지 토끼

오리치[1]를 놓으려 아배는 논으로 날여간 지 오래다
오리는 동 비탈에 그림자를 떨어트리며 날어가고 나는
동말랭이에서 강아지처럼 아배를 불으며 울다가
시악이 나서는 등 뒤 개울물에 아배의 신짝과 버선목
과 대님오리를 모다 던져벌인다

장날 아츰에 앞 행길로 엄지 딸어 지나가는 망아지를
내라고 나는 졸으면
아배는 행길을 향해서 크다란 소리로
―매지야 오나라
―매지야 오나라

1. 올가미.

새하려[2] 가는 아배의 지게에 치워 나는 산으로 가며
토끼를 잡으리라고 생각한다
맞구멍 난 토끼 굴을 아배와 내가 막어서면 언제나
토끼 새끼는 내 다리 아래로 달어났다
나는 서글퍼서 서글퍼서 울상을 한다

2. 땔감으로 쓸 나무를 베거나 주워 모으다.

모닥불

새끼 오리도 헌신짝도 소똥도 갓신창도 개니빠디도 너울 쪽도 짚 검불도 가락닢도 머리카락도 헝겊 조각도 막대 꼬치도 기왓장도 닭의 짗도 개 털억도 타는 모닥불

재당도 초시도 문장 늙은이도 더부살이 아이도 새 사위도 갓사둔도 나그네도 주인도 할아버지도 손자도 붓 장사도 땜쟁이도 큰 개도 강아지도 모두 모닥불을 쪼인다

모닥불은 어려서 우리 할아버지가 어미 아비 없는 서러운 아이로 불상하니도 몽둥발이가 된 슬픈 력사가 있다

돌덜구의 물

초동일 初冬日

흙담벽에 볕이 따사하니
아이들은 물코를 흘리며 무감자[1]를 먹었다

돌덜구에 천상수가 차게
복숭아나무에 시라리 타래가 말러갔다

1. 고구마.

하답[1]

짝새가 발뿌리에서 닐은 논드렁에서 아이들은 개구
리의 뒷다리를 구어 먹었다

게 구멍을 쑤시다 물쿤하고 배암을 잡은 늪의 피
같은 물이끼에 해볓이 따그웠다

돌다리에 앉어 날버들치를 먹고 몸을 말리는 아이
들은 물총새가 되었다

1. 여름 논.

주막

호박닢에 싸 오는 붕어곰은 언제나 맛있었다

부엌에는 빩앟게 질들은 팔모알상이 그 상 우엔
샛파란 싸리를 그린 눈알만 한 잔이 뵈였다

아들아이는 범이라고 장고기를 잘 잡는 앞니가 뻐드
러진 나와 동갑이었다

울파주[1] 밖에는 장꾼들을 따러와서 엄지의 젓을
빠는 망아지도 있었다

---

1. 갈대, 수수깡, 싸리 따위로 발처럼 엮거나 걸어서 만든 울타리.

적경[1]

신 살구를 잘도 먹드니 눈 오는 아츰
나어린 아내는 첫아들을 낳었다

인가 멀은 산중에
까치는 배나무에서 즞는다

컴컴한 부엌에서는 늙은 홀아버의 시아부지가 미역
국을 끄린다
그 마을의 외딸은 집에서도 산국을 끄린다

1. 고요하고 적막한 장소나 그런 상태.

미명계[1]

자즌닭이 울어서 술국을 끄리는 듯한 추탕집의 부엌
은 뜨수할 것같이 불이 뿌연히 밝다

초롱이 히근하니 물지게꾼이 우물로 가며
별 사이에 바라보는 그믐달은 눈물이 어리었다

행길에는 선장 대여 가는 장꾼들의 종이 등에 나귀
눈이 빛났다
어데서 서러웁게 목탁을 뚜드리는 집이 있다

1. 날이 채 밝지 않은 세계.

성 외 城外

어두어오는 성문 밖의 거리
도야지를 몰고 가는 사람이 있다

엿방 앞에 엿궤가 없다

양철통을 쩔렁거리며 달구지는 거리 끝에서 강원도
로 간다는 길로 든다

술집 문창에 그느슥한 그림자는 머리를 얹혔다

추일산조秋日山朝

아츰볕에 섭구슬이 한가로히 익는 곬작에서 꿩은
울어 산울림과 작난을 한다

산마루를 탄 사람들은 새꾼[1]들인가
파 란 하늘에 떨어질 것같이
웃음소리가 더러 산 밑까지 들린다

순례 중이 산을 올라간다
어젯밤은 이 산 절에 재[2]가 들었다.

무릿돌이 굴어 날이는 건 중의 발굼치에선가

---

1. 나무꾼.
2. 초상계에서, 초상난 집에 상비(喪費)로 보내는 돈.

광원

흙꽃 니는 일은 봄의 무연한 벌을
경편 철도가 노새의 맘을 먹고 지나간다

멀리 바다가 뵈이는
가정거장도 없는 벌판에서
차는 머물고
젊은 새악시 둘이 날인다

흰 밤

넷 성의 돌담에 달이 올랐다
묵은 초가집웅에 박이
또 하나 달같이 하이얗게 빛난다
언젠가 마을에서 수절 과부 하나가 목을 매여 죽은
밤도 이러한 밤이었다

노루

청 시

별 많은 밤

하누바람이 불어서

푸른 감이 떨어진다 개가 짖는다

산비

산뽕닢에 빗방울이 친다
멧비둘기가 닌다
나뭇등걸에서 자벌기가 고개를 들었다 멧비둘기
켠을 본다

쓸쓸한 길

거적 장사 하나 산 뒷녚 비탈을 올은다
아ㅡ땔으는 사람도 없시 쓸쓸한 쓸쓸한 길이다
산 가마귀만 울며 날고
도적갠가 개 하나 어정어정 따러간다
이스라치전이드나 머루전이드나
수리취 땅버들의 하이얀 복이 서러웁다
뚜물같이 흐린 날 동풍이 설렌다

자류[1]

남방토 풀 안 돋은 양지귀가 본이다
햇비 멎은 저녁의 노을 먹고 산다

태고에 나서
선인도가 꿈이다
고산정토에 산약 캐다 오다

달빛은 이향
눈은 정기 속에 어우러진 싸움

1. 석류.

머루밤

불을 끈 방 안에 햇대의 하이얀 옷이 멀리 추울 것
같이

개방위로 말방울 소리가 들려온다

문을 연다 머루빛 밤하늘에
송이버슷의 내음새가 났다

비

아카시아들이 언제 흰 두레방석을 깔았나
어데서 물쿤 개비린내가 온다

여승

여승은 합장하고 절을 했다
가지취의 내음새가 났다
쓸쓸한 낯이 녯날같이 늙었다
나는 불경처럼 설어워졌다

평안도의 어늬 산 깊은 금덤판[1]
나는 파리한 여인에게서 옥수수를 샀다
여인은 나어린 딸아이를 따리며 가을밤같이 차게
울었다

섶벌[2]같이 나아간 지아비 기다려 십 년이 갔다
지아비는 돌아오지 않고
어린 딸은 도라지꽃이 좋아 돌무덤으로 갔다

산 꿩도 설게 울은 슬픈 날이 있었다
산 절의 마당귀에 여인의 머리오리가 눈물방울과 같
이 떨어진 날이 있었다

1. 예전에 수공업적 방식으로 작업하던 금광의 일터.
2. 꿀을 모으기 위해 늘 나가서 다니는 토종벌.

수라

거미 새끼 하나 방바닥에 날인 것을 나는 아모 생각
없시 문밖으로 쓸어벌인다
차디찬 밤이다

어니젠가 새끼 거미 쓸려 나간 곳에 큰 거미가 왔다
나는 가슴이 짜릿한다
나는 또 큰 거미를 쓸어 문밖으로 벌이며
찬 밖이라도 새끼 있는 데로 가라고 하며 설어워한다

이렇게 해서 아린 가슴이 싹기도 전이다
어데서 좁쌀알만 한 알에서 가제 깨인 듯한 발이 채
서지도 못한 무척 적은 새끼 거미가 이번엔 큰 거미
없서진 곳으로 와서 아물걸인다
나는 가슴이 메이는 듯하다

내 손에 올으기라도 하라고 나는 손을 내어 미나 분
명히 울고불고할 이 작은 것은 나를 무서우이 달어나
벌이며 나를 서럽게 한다
나는 이 작은 것을 고이 보드러운 종이에 받어 또 문
밖으로 벌이며
이것의 엄마와 누나나 형이 가까이 이것의 걱정을 하
며 있다가 쉬이 맞나기나 했으면 좋으렸만 하고 슬퍼
한다

노루

산곬에서는 집터를 츠고 달궤를 닦고
보름달 아래서 노루 고기를 먹었다

국수당 넘어

절간의 소 이야기

병이 들면 풀밭으로 가서 풀을 뜯는 소는 인간보다
영해서[1] 열 걸음 안에 제 병을 낳게 할 약이 있는 줄
을 안다고

수양산의 어늬 오래된 절에서 칠십이 넘은 로장은
이런 이야기를 하며 치맛자락의 산나물을 추었다

---

1. 영험하다.

통영

옛날엔 통제사가 있었다는 낡은 항구의 처녀들에겐
옛날이 가지 않은 천희라는 이름이 많다
미역오리같이 말라서 굴껍지처럼 말없시 사랑하다
죽는다는
이 천희의 하나를 나는 어늬 오랜 객줏집의 생선 가
시가 있는 마루방에서 만났다
저문 유월의 바닷가에선 조개도 울을 저녁 소라방
등[1]이 붉으레한 마당에 김 냄새 나는 비가 날였다

---

1. 소라 껍데기로 만들어 방에서 켜는 등.

오금덩이라는 곳

어스름 저녁 국수당[1] 돌각담의 수무나무 가지에 녀
귀의 탱[2]을 걸고 나물매 갖후어놓고 비난수[3]를 하
는 젊은 새악시들
— 잘 먹고 가라 서리서리 물러가라 네 소원 풀었으
니 다시 침노 말아라

벌개늪역에서 바리깨[4]를 뚜드리는 쇳소리가 나면
누가 눈을 앓어서 부증이 나서 찰거마리를 불으는
것이다
마을에서는 피성한[5] 눈숡[6]에 절인 팔다리에 거마리
를 붙인다

여우가 우는 밤이면
잠 없는 노친네들은 일어나 팥을 깔며 방요[7]를 한다

여우가 주둥이를 향하고 우는 집에서는 다음 날 으레
히 흉사가 있다는 것은 얼마나 무서운 말인가

1. 마을의 수호신을 모셔놓고 섬기는 신당. 주로 돌무더기 형태이며 신성시되
는 나무나 장승과 함께 있는 경우가 많다.
2. 부처, 보살 등을 그려 벽에 거는 그림.
3. 귀신에게 비는 소리.
4. 놋쇠 밥그릇의 뚜껑.
5. 피멍이 크게 든.
6. 눈시울. 눈가.
7. '오줌을 눈다'는 뜻으로 해석하는 경우가 많지만 '민요조의 소리'나 '황홀
상태에서 성령의 힘으로 말하는, 내용을 알 수 없는 말'을 뜻하는 '방언'으로
해석하는 의견도 있다.

시기¹의 바다

저녁밥 때 비가 들어서
바다엔 배와 사람이 흥성하다

참대창에 바다보다 푸른 고기가 께우며 섬돌에 곱조
개가 붙는 집의 복도에서는 배창에 고기 떨어지는
소리가 들렸다

이즉하니 물기에 누굿이 젖은 왕구새자리에서 저녁
상을 받은 가슴 앓는 사람은 참치회를 먹지 못하고
눈물겨웠다

어득한 기슭의 행길에 얼굴이 했슥한 처녀가 새벽달
같이

아 아즈내[2]인데 병인은 미역 냄새 나는 덧문을 닫고
버러지같이 누웠다

1. 가키사키. 일본 이즈 반도 최남단의 해안 도시.
2. 초저녁.

정주[1]성

산턱 원두막은 뷔였나 불빛이 외롭다
헝겊 심지에 아즈까리기름의 쪼는 소리가 들리는
듯하다

잠자리 조을든 문허진 성터
반딧불이 난다 파란 혼들 같다
어데서 말 있는 듯이 크다란 산새 한 마리 어두운
곬작이로 난다

헐리다 남은 성문이
하늘빛같이 훤하다
날이 밝으면 또 메기수염의 늙은이가 청배를 팔려
올 것이다

1. 평안북도 해안 지대에 위치한 백석의 고향.

창의문외 彰義門外

무이밭에 흰나비 나는 집 밤나무 머루 넝쿨 속에 키질
하는 소리만이 들린다
우물가에서 까치가 자꼬 즞거니 하면
붉은 숫닭이 높이 샛덤이[1] 우로 올랐다
텃밭가 재래종의 임금나무에는 이제도 콩알만 한 푸
른 알이 달렸고 희스무레한 꽃도 하나둘 퓌여있다
돌담 기슭에 오지항아리 독이 빛난다

1. 땔감 더미.

정문촌

주홍칠이 날은[1] 정문[2]이 하나 마을 어구에 있었다

'효자노적지지정문孝子盧迪之之旌門'─몬지가 겹겹이 앉
은 목각의 액[3]에
나는 열 살이 넘도록 갈 지之 자 둘을 웃었다

아카시아꽃의 향기가 가득하니 꿀벌들이 많이 날어
드는 아츰
구신은 없고 부헝이가 담벽을 띠쫗고 죽었다

기왓골에 배암이 푸르스름히 빛난 달밤이 있었다
아이들은 쪽재피같이 먼 길을 돌았다

정문집 가난이는 열다섯에
늙은 말꾼한테 시집을 갔겄다

1. 빛깔이 바래다.
2. 충신, 효자, 열녀 들을 표창하기 위하여 그 집 앞에 세우던 붉은 문.
3. 종이, 비단, 널빤지 따위에 그림을 그리거나 글씨를 써서 방 안이나
문 위에 걸어놓는 액자.

여우난곬

박을 삶는 집
할아버지와 손자가 올은 집웅 우에 하늘빛이 진초록
이다
우물의 물이 쓸 것만 같다

마을에서는 삼굿을 하는 날
건넌마을서 사람이 물에 빠져 죽었다는 소문이 왔다

노란 싸리닢이 한불 깔린 토방에 햇츩 방석을 깔고
나는 호박떡을 맛있게도 먹었다

어치라는 산새는 벌배 먹어 고읍다는 곬에서 돌배 먹
고 앓븐 배를 아이들은 띨배 먹고 나었다고 하였다

삼방

갈부던 같은 약수터의 산 거리엔 나무 그릇과 다래나
무 짚팽이가 많다

산 넘어 십오 리서 나무뒝치 차고 싸리 신 신고 산비
에 촉촉이 젖어서 약물을 받으려 오는 두메 아이들도
있다

아랫마을에서는 애기 무당이 작두를 타며 굿을 하는
때가 많다

백석

1912~1996?

본명은 백기행이며 백석이라는 아호를 필명으로 사용했다. 평안북도 정주에서 태어나 오산고등보통학교를 마친 뒤 장학생으로 선발되어 아오야마학원 전문부 영어사범과에서 공부했다. 졸업 후 귀국하여 신문사나 출판사에서 근무하고 교편을 잡기도 했다. 1930년 단편소설 『그 모⍵와 아들』로 등단하였으나 시작에 조금 더 주력하여 1935년 『정주성』을 발표했고, 1936년 33편의 시를 모은 시집 『사슴』을 간행하였다. 백석은 영문학을 전공했으나 산촌의 자연과 그곳에서 살아가는 사람들의 소박한 생활을 북녘 지방의 토착어로 그려내는 토속적이고

향토적인 시를 썼다. 그러면서도 거의 모든 시에서 주관적 감정을 절제하여 모더니즘 시인으로 불리기도 한다. 한동안 만주에서 생활하던 백석은 해방 뒤 귀국하여 신의주에서 얼마간 머물다가 고향인 정주로 돌아가 작품 활동을 계속하였고, 그곳에서 남북 분단을 맞았다. 1963년을 전후하여 사망했다고 알려져 있었으나 최근 연구자들이 유족에게 확인한 결과 1996년에 유명을 달리한 것으로 밝혀졌다.

사슴

1936

2012년 한 문예지에서 시인들을 대상으로 '가장 좋
아하거나 가장 큰 영향을 받은 시집'이 무엇인지 물
었을 때 첫 번째로 꼽힌 것이 바로 백석의 『사슴』이
다. 『사슴』은 백석이 생전에 펴낸 유일한 시집으로
1936년 1월 선광인쇄주식회사에서 인쇄하였다. 시
집 뒤편에 저작 겸 발행자가 백석이라고 쓰여 있어
시인이 자비로 출간한 것으로 보인다. 100부 한정
으로 인쇄되어 당시 문인들 사이에서도 희귀본으로
꼽히는 시집이었다. 윤동주 시인도 이 시집을 구하
지 못해 도서관에서 하루 종일 백석의 시를 필사하
며 며칠을 보냈다고 한다.

시집은 1부 '얼럭소 새끼의 영각', 2부 '돌덜구의 물', 3부 '노루', 4부 '국수당 넘어' 등 총 4부로 구성되어 있으며 『여승』, 『여우난곬족』 등 33편의 시가 실려 있다. 백석은 서북 지역, 특히 평안북도의 방언을 시어로 활용해 향토적이고 민속적인 세계를 구축하고 그 안에서 자라나는 유년 시절을 서정적으로 형상화했다.

사슴

2017년 6월 15일 1판 1쇄 발행

2022년 4월 20일 1판 2쇄 발행

지 은 이 백석

발 행 인 이상영

편 집 장 서상민

편 집 인 한성옥, 이경은, 채지선

디 자 인 이혜원

마 케 팅 박진솔

펴 낸 곳 디자인이음

등 록 일 2009년 2월 4일:제300-2009-10호

주 소 서울시 종로구 효자동 62

전 화 02-723-2556

메 일 designeum@naver.com

blog.naver.com/designeum

instagram.com/design_eum